AFFAIRE PROUDHON

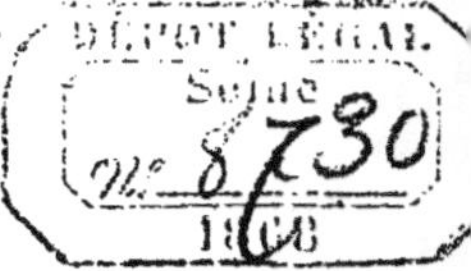

OUTRAGE A LA MORALE RELIGIEUSE

POLICE CORRECTIONNELLE (6e Chambre)

Audience du 6 juin 1855

PLAIDOIRIE DE M^E ALLOU

POUR

M. GARNIER, Libraire-Éditeur

Messieurs,

Les intérêts que je représente et que je viens défendre devant vous sont, grâce au ciel, bien moins sérieusement et bien moins profondément engagés dans ce débat que ceux du premier des deux prévenus.

M. Garnier n'est pas l'apôtre d'une foi nouvelle, et il n'a nul désir d'en être le martyr ; il veut que je vous fasse connaître très-simplement, très-modestement, à son point de vue professionnel, les circonstances dans lesquelles il est devenu l'éditeur de l'ouvrage, aujourd'hui poursuivi, et les considérations qui devaient éloigner de son esprit toute crainte de responsabilité personnelle.

J'ajouterai, avec toute la réserve possible, et avec un sentiment discret des convenances que peut comporter la situation actuelle, que M. Garnier n'a jamais entendu accepter la solidarité des doctrines de M. Proudhon, et que le défenseur qui se lève à son tour, tout en admirant la merveilleuse vigueur d'intelligence de celui-ci, et cette langue simple, sobre, ferme, qu'il parle si bien, est de ceux qui regrettent profondément de voir sacrifier par lui à une prétendue logique, tous les grands intérêts sociaux, variés, mobiles, divers, qui, n'en déplaise aux hommes à système, s'harmonisent et s'équilibrent bien mieux avec leur diversité même, dans la liberté, que dans toutes les combinaisons inflexibles et les formules rigoureuses où l'on voudrait les renfermer.

Vous savez, Messieurs, quelle est aujourd'hui l'importance de la maison Garnier frères.

MM. Garnier, après avoir occupé, à dix-neuf ans et à dix-sept ans, une position modeste au Palais-Royal, où ils vendaient des ouvrages frivoles, ont peu à peu conquis une situation importante : ils y sont arrivés, à force de persévérance, de travail, d'économie, et depuis plusieurs années déjà, ils ont pris pied définitivement dans les grandes affaires. Ils sont engagés dans des opérations de librairie tout à fait considérables. Ils sont notamment propriétaires de la bibliothèque espagnole, qui comprend, pour l'Europe et pour le Nouveau-Monde, la traduction de toutes les grandes publications scientifiques et industrielles modernes.

La librairie Garnier n'est pas une librairie de parti et de propagande ; elle n'a pas une couleur accusée, comme la librairie Pagnerre et comme autrefois la librairie phalanstérienne. Elle a une enseigne, elle n'a pas de drapeau : elle n'a en philosophie, en politique, en religion, aucun caractère exclusif. Elle a publié de magnifiques réimpressions de Bossuet et de la *Vie des saints;* elle a publié *Dieu le veut,* de M. d'Arlincourt ; en tête du premier volume de l'ouvrage aujourd'hui poursuivi, je vois annoncées par les éditeurs, *Les Causeries du lundi,* et c'est assurément là le seul terrain où M. Sainte-Beuve puisse se rencontrer à côté de M. Proudhon (1). Un peu plus loin, je trouve les œuvres de M. Flourens, les ouvrages d'économie politique de M. Joseph Garnier, le Dictionnaire de Bescherelle et bien d'autres publications sérieuses. Tout cela, vous le voyez, est mélangé, bigarré, commercial en un mot, sans parti pris, sans esprit de système.

Au même titre et de la même façon que MM. Garnier étaient devenus les éditeurs des ouvrages dont je viens de parler, ils sont devenus les éditeurs de M. Proudhon.

C'est en 1848 que ces relations ont pris naissance ; vous savez quel était, à cette époque, le triste état de la librairie : les brochures du moment, les pamphlets du jour, tout ce qui touchait aux événements qui nous enveloppaient, aux questions soulevées par l'ébranlement révolutionnaire, attiraient seuls l'attention. La vie littéraire était engourdie et sommeillante. Les publications de M. Proudhon tenaient une large place dans la curiosité publique. C'est à ce moment que MM. Garnier sont devenus ses éditeurs, et j'ai mission de le dire, ils gardent un respect profond de l'esprit d'honnêteté, de simplicité, de confiance, qu'ils ont toujours rencontré de la part de M. Proudhon dans leurs relations d'affaires. J'ai toujours entendu mes clients parler de tout ce qu'il y a en lui d'excellent avec une très-grande vivacité, et si je me permets de con-

---

(1) C'était une erreur, et quelques années plus tard, l'esprit élevé et indépendant du grand critique, laissant de côté les divergences politiques, attestait, dans une belle étude, l'intelligence profonde de la veritable valeur littéraire de l'écrivain socialiste.

tredire ici l'écrivain dont je ne suis point l'adepte, j'aime à rendre du moins, à la dignité et au caractère de l'homme, un témoignage empressé.

MM. Garnier ont successivement publié vingt et un ouvrages de M. Proudhon dont vous trouverez les titres au dos de son dernier volume.

Ce sont là des ouvrages de politique et d'économie politique, mais dont le caractère est universellement le même : ce sont toujours des ouvrages philosophiques. J'entends par là que la pensée y conserve constamment une formule sérieuse et de généralisation, que l'auteur, traitant les sujets du jour, ne se jette point dans la mêlée en combattant passionné, qu'il fait appel, pour faire accepter ses idées, à un certain effort de l'esprit, plutôt qu'aux sentiments tumultueux et aux colères du moment.

Eh bien ! c'est après la publication de tous les livres dont je viens de parler, c'est à la traverse de ces rapports d'affaires, déjà anciens, que le livre de *La Révolution et l'Église* fut offert par M. Proudhon à MM. Garnier. Plus d'un libraire était en concurrence dissimulée, à ce moment, avec MM. Garnier, pour obtenir la publication de l'ouvrage annoncé, que l'auteur garda fidèlement à ses éditeurs habituels. La rivalité serait moindre aujourd'hui, et les prétendants d'alors abandonnent bien volontiers, maintenant, la place à M. Garnier. Mais, quoi qu'il en soit, l'ouvrage fut accepté, et accepté sans hésitation.

Comment en aurait-il été autrement?

D'où serait venu l'obstacle ?

Qu'est-ce qui aurait justifié la résistance ?

Je viens de dire que la librairie Garnier avait déjà publié vingt et un ouvrages de M. Proudhon. Pas un n'avait été poursuivi : il faut donc reconnaître, ce qui est un élément considérable d'appréciation dans une question de la nature de celle-ci, que les antécédents de l'auteur, s'il est permis de s'exprimer ainsi, étaient de nature à calmer, de la part de l'éditeur, toute appréhension.

Et il ne faut pas s'y tromper. Les publications précédentes n'avaient pas été jetées dans la circulation avec leur hardiesse, leur étrangeté, dans un jour seulement de liberté absolue, dont nous sommes aujourd'hui si loin. Voici les *Contradictions économiques* qui ont paru en 1846 : c'est dans la préface que se trouve cette phrase audacieuse :

« Avant d'aller plus loin, il faut que je m'explique franchement sur une hypothèse qui paraîtra sans doute étrange, l'hypothèse d'un Dieu ! »

Et ailleurs :

« Pourquoi le mal ? — C'est Dieu qui a commis le crime, et si quelqu'un a mérité l'enfer c'est Dieu. »

Voilà pour la religion.

Voyons pour la politique :

Voici ce que je lis dans la *Révolution sociale démontrée par le coup d'État*, à la page 86 :

« Je veux dire à Louis-Napoléon la bonne aventure. Je ne fais à mes prédictions qu'une réserve : c'est qu'il reste parfaitement le maître, à ses risques et périls, de me faire mentir, et de tromper l'irrévocable destin. Le décret est inflexible : mais l'homme a la liberté de désobéir, sur la perte de son âme ! Car, disait la loi des XII Tables, interprète de l éternelle Providence, « Qui-« conque manquera à la loi sera sacré, » c'est-à-dire, dans le langage antique, imité plus tard par l'Église, dévoué aux dieux infernaux, anathème. *Qui secùs faxit, sacer esto !*

« Combien, depuis 60 ans, ont été ainsi sacrés, pour leur ignorance aussi bien que pour leur rébellion ! Louis XVI, *Sacer esto !* Napoléon, *Sacer esto !* Charles X, *Sacer esto !* Louis-Philippe, *Sacer esto !* Et parmi les républicains, la Gironde, Danton, Robespierre, Ledru-Rollin, Cavaignac, chacun avec les siens. Rien n'a pu les sauver, ni leur éloquence, ni leur énergie, ni leur vertu. Qu'ils n'aient pas voulu, ou qu'ils n'aient pas compris, l'arrêt a été le même : *Sacri sunto !*

« Louis-Napoléon a aussi son mandat, d'autant plus impératif, qu'il se l'est adjugé de vive force. Le connaît-il ? Dans le discours d'ouverture du Corps législatif, il a laissé entendre que si les partis n'étaient pas sages il pourrait se faire empereur, sinon, qu'il se contenterait du titre de Président. Eh quoi! Prince, vous ne savez pas au juste ce que vous représentez, l'Empire ou la République! A peine entré dans le labyrinthe, vous avez perdu votre fil! Comment donc espérez-vous de vaincre le Minotaure? Prenez garde que le sang des martyrs du 2 décembre ne s'élève contre vous : *Sacer esto*!

Je ne fais pas de commentaires. Je n'approuve ni ne blâme. Mais je dis que ce n'est pas la modération, la circonspection de l'auteur dans ses ouvrages précédents, qui avaient éloigné de lui jusqu'ici les foudres de l'administration et de la justice. Sous le régime qui a précédé la révolution de 1848, comme sous le gouvernement actuel, de grandes hardiesses religieuses et politiques avaient été acceptées de M. Proudhon.

Il faut bien le dire, d'ailleurs, et ce côté de mes observations a certainement quelque chose de délicat : on a toujours laissé à M. Proudhon des franchises exceptionnelles. Le caractère scientifique de ses travaux, l'originalité de ses idées plus abstraites que militantes, l'inspiration indé-pendante, aventureuse, de sa critique, atteignant parfois en pleine poitrine des adversaires communs, lui ont valu, on ne peut pas se le dissimuler, jusque dans les sphères les plus hautes, je n'ose pas précisément dire des partisans, mais assurément des défenseurs.

A nul autre, cela est hors de doute, on n'eût laissé publier le volume auquel je viens d'emprunter le dernier extrait que j'ai lu tout à l'heure.

Et comment cette publication a-t-elle eu lieu?

L'administration s'était opposée à la publication de l'ouvrage. M. Proudhon fit une protestation énergique, la première qui se soit élevée contre le triste asservissement de la pensée où nous vivons. M. Proudhon écrivit au Président de la République. Voici le début de sa lettre :

Paris, 29 juillet 1852.

Monsieur le Président,

« En 1848, j'ai combattu votre candidature à la présidence de la République, parce que je la jugeais menaçante pour la démocratie, hostile aux républicains. Les amateurs de pamphlets ont gardé le souvenir de ma polémique de ce temps-là.

« Après l'élection du 10 décembre, j'ai fait une maladie grave qui m'a forcé pendant un mois de m'absenter de l'Assemblée nationale, dont j'étais membre. La cause de cette maladie, Monsieur le Président, je n'ai pas besoin de vous la dire : tandis que le peuple vous élevait sur le pavois, il me perçait le cœur.

« A peine rétabli de mes chagrins et de mes fatigues, sur la fin de janvier 1849, j'ai attaqué votre pouvoir nouveau avec toute l'irritation de la convalescence. Cette attaque m'a valu trois ans de prison, qui ont pris fin au 4 juin 1852.

« Pendant la première année de ma captivité, j'ai recommencé la lutte autant de fois qu'il m'a été possible. J'ai subi, pour cette obstination, deux transfèrements et deux procès, dont l'un a été abandonné pour vice de forme, et l'autre s'est terminé par un acquittement. Je ne me suis résigné au silence que lorsqu'il m'a été notifié par le préfet de police que la prison emportait pour moi, journaliste, avec la séquestration de ma personne, le silence de ma parole. La loi pénale n'en dit rien, et sous le dernier roi, cela ne s'était pas vu; mais le temps et les circonstances donnent aux lois leur interprétation.............

La publication fut autorisée.

A l'occasion du livre actuel, les choses se sont à peu près passées de même. Le *Journal de Francfort* avait annoncé que M. Proudhon préparait un livre intitulé : *Le bon Dieu du XIXe siècle*. On fit une perquisition chez l'éditeur ; les épreuves furent livrées. M. Proudhon cette fois encore se plaignit hautement ; les épreuves furent rendues, et l'éditeur se remit en marche, confiant et rassuré.

Il y a là une protection, un patronage que n'eussent obtenu, j'imagine, ni M. Charras ni M. Hugo. Il faut qu'on nous permette de le dire : le chef de l'État lui-même a couvert toujours M. Proud'hon, d'une sorte de tolérance bienveillante, sinon sympathique. Je ne crois pas à la communauté des idées ; je ne peux pas supposer celle des rancunes. Ce n'est, si l'on veut, que curiosité et pas davantage. Pourquoi non ? Quand Spinosa, que Malebranche appelle un misérable et Schleiermacher un saint, quand Spinosa, chassé de la synagogue et fuyant sous le poids du grand anathème, errait à travers le monde, on dit que Louis XIV voulut le voir et que le grand roi, dans son orthodoxie, ne se montra point effrayé du penseur.

Vous le voyez bien, toutes les circonstances antérieures à l'époque de la publication étaient de nature à laisser aux éditeurs, comme à l'auteur, une entière sécurité.

Mais je veux arriver maintenant à l'appréciation même du livre. Les éditeurs, les imprimeurs ont besoin aujourd'hui d'une sorte d'érudition universelle et d'un tact suprême. On prétend que nos grandes imprimeries ont maintenant, pour protéger leurs pas, un censeur gagé qui devance prudemment le contrôle administratif et gouvernemental. Je veux prendre, à mon tour, le livre qu'on vient d'examiner devant vous, et je veux chercher, au point de vue de l'appréciation préalable de l'éditeur, les côtés par lesquels ce livre pouvait véritablement solliciter sa vigilance.

Avant tout, l'ouvrage *De la justice dans la Révolution et dans l'Église*, est un livre purement philosophique. Je ne dis pas que ce soit là un livre de bonne philosophie, mais j'y trouve l'étude des plus hauts problèmes que puisse se poser l'esprit humain et sous une forme abstraite.

Laissez-moi détacher quelques extraits pris, pour ainsi dire, au hasard dans le premier volume :

« Avec les gnostiques, héritiers de l'Égypte, de la Syrie, de la Perse, de l'Inde et de la Grèce, l'Eglise n'en finit qu'en donnant elle-même une gnose bien moins savante que celle de Valentin, bien moins sévère que celle de Marcion, de Cedon, de Tertullien, bien moins poétique que celle des deux Bardesane, mais telle qu'il la fallait à une multitude grossière, qui voulait aussi avoir ses parfaits, passer pour spirituelle ou pneumatique, et ne supportait pas le reproche de psychisme que lui adressaient les gnostiques.

Or comme la vitalité d'une Eglise est en raison directe de l'intensité et de l'homogénéité de sa foi, laquelle à son tour est en raison inverse de l'activité intellectuelle qu'elle soulève, les gnostiques, etc.

Et à la page 72 :

« D'après nos définitions, tout sujet a nécessairement des mœurs comme il a des facultés et des passions (déf. 1ʳᵉ).

Ces mœurs forment l'essence du sujet : elles constituent sa dignité, elles sont le gage et la loi de son bien-être (déf. 2, 3 et 4).

Les mœurs sont donc tout à la fois dans le sujet réalité et idée ; réalité, puisqu'elles ne sont autre chose que le sujet même considéré dans la généralité de son essence et dans l'exercice de ses facultés (ex. 6) ; idée ou rapport, puisqu'elles résultent de la communion du sujet avec la nature et les autres êtres (déf. 1 et 2), etc. »

Enfin, à la page 75 :

« Il y a deux manières de concevoir la réalité de la justice, et par suite de la déterminer.

Ou bien par une pression individuelle de l'être collectif sur le moi individuel, le premier modifiant le second à son image et s'en faisant un organe ;

Ou bien par une faculté du moi individuel, qui, sans sortir de sa foi intérieure, sentirait sa dignité en la personne du prochain avec la même vivacité qu'il la sent dans sa propre personne, et se trouverait ainsi, tout en conservant son individualité, identique et adjoint à l'être collectif même. »

Le Tribunal voudra lire l'ouvrage tout entier qu'il doit juger. Il verra que je ne choisis véritablement pas. Sujet du livre, langage de l'auteur, tout ressemble aux passages que je viens de citer.

Il est incontestable qu'il n'est pas fait au point de vue de la vulgarisation et de l'expansion des idées qu'il expose. L'érudition y est pesante. Les citations grecques, latines, hébraïques y abondent. Kant, Hégel, toute l'exégèse allemande s'y retrouvent avec le positivisme d'Auguste Comte, le saint-simonisme d'Enfantin, et le druidisme de J. Reynaud.

D'un autre côté la langue de l'auteur a bien aussi quelquefois ses obscurités hiératiques. Aux jours du grand triomphe de l'éclectisme, les partisans de la philosophie vaincue du XVIII⁰ siècle, habitués à la limpidité de ses formules toutes françaises, n'avaient pas assez de railleries pour cette philosophie nouvelle dont la langue s'imprégnait de la métaphysique allemande. Ce qui restait dans l'enseignement universitaire, des vieux élèves de Condillac et de La Romiguière, se délectait à l'accouplement de quelques phrases calculées, où l'objectif et le subjectif apparaissaient à titre d'échantillon de la philosophie nouvelle. Si l'on voulait essayer avec le livre de M. Proudhon quelque pastiche du même genre, l'entreprise serait facile, et les rieurs auraient beau jeu à parler *du concept religieux, du dogme adéquat au principe psychologique, du principe de signification et de phénoménalité, du sondage fantastique d'une psychologie illusoire, du travail philosophico-politico-théologique du siècle, de la latrie, de l'essor passionnel, du principe d'évolution, de finalité, de félicité et de réalité, de la transcendance et de l'immanence et de l'innéité de la justice dans la conscience, de la titillation de la chair et de la philozoie.....*

Voilà le fond et la forme.

Maintenant il faut dire un mot de l'aspect de la publication.

Nous sommes en présence de trois volumes de plus de 1,800 pages, volumes compactes, d'un caractère fin et serré. Ils demandent une lecture attentive, longue, pénible par les efforts, par la fatigue de l'esprit, par la nature des études qui dépassent le niveau commun. De nos jours où l'on ne lit plus, où l'esprit engourdi dans une somnolence indifférente, se contente de la lecture des journaux (et quels journaux!), il n'est qu'un très-petit nombre d'intelligences qui puissent s'attacher à une semblable tâche.

Ce n'est pas là un livre courant, un pamphlet. Vous vous rappelez la définition ravissante de Courrier, un de ces prévenus anciens de la presse, un de ces condamnés du passé dont tout esprit délicat dévore les élégances exquises, dont les successeurs du ministère public d'autrefois étudient assurément le fin langage pour poursuivre aujourd'hui avec éclat, ceux qui s'asseoient à la place où on l'a fait asseoir : Courrier disait de l'acétate de morphine : « Un grain dans une cuve se perd, n'est point senti, dans une tasse d'eau fait vomir, dans une cuillerée tue; et voilà le pamphlet! »

Courrier s'y connaissait, et vous voyez bien que nos trois volumes n'ont rien du pamphlet.

Je le demande donc hardiment : Est-ce que l'on peut imposer à un éditeur (et je n'entends pas assurément par là rabaisser M. Garnier), est-ce qu'on peut lui demander au milieu de ses travaux, de l'activité d'une grande librairie, de peser un livre de cet ordre-là, et de mesurer Spinosa, Hobbes et Hegel?

Mais ce côté du procès, Messieurs, est encore le côté étroit et mesquin des choses. C'est au nom de la libre pensée et de ses franchises que je veux défendre l'ouvrage de M. Proudhon et justifier celui qui a consenti à en devenir l'éditeur. Je ne partage pas les doctrines de M. Proudhon, mais j'aime comme lui, plus que lui, je le crois, la liberté. J'aime cet épanouissement fécond de la pensée sans entraves, sans limites; les leçons du passé semblent toujours perdues pour nous. Nous nous irritons au spectacle de ces poursuites que les gouvernements tombés infligeaient à Chateaubriand, à Courrier, à Béranger, à Lamennais, et nous subissons comme la chose du monde la plus simple des persécutions semblables que l'avenir raillera à son tour. Prenez garde, est-ce que vous ne laisserez, au second empire comme au premier, de gloire littéraire que celle des écrivains qu'il aura proscrits!

La loi punit l'outrage à la religion. Mais l'outrage est-il dans l'étude critique, philosophique des croyances. En présence même de la législation qui nous régit, est-ce pour des œuvres comme celle dont j'esquissais tout à l'heure le caractère, que nos lois répressives sont faites?

Non, mille fois non !

Nous serions bien loin de l'Angleterre et bien au-dessous de l'Allemagne !

De l'autre côté du Rhin, dans ce pays profondément et sincèrement religieux, à côte du mysticisme exalté de Novalis ou de Schleiermacher, est-ce que dans le domaine des hautes études, des grands problèmes, il n'y a pas place librement pour des témérités plus grandes encore que celles que l'on reproche à l'ouvrage actuel? Mais ce livre que vous poursuivez, il a été traduit en allemand, et il circule sans obstacles à travers l'Allemagne. Sur la première page du premier volume vous pouvez lire :

« Le droit de traduction pour toute l'Allemagne est concédé à M. Louis
« Pfau. »

Mais l'homme qui a le plus profondément marqué son empreinte sur l'Allemagne nouvelle, Hégel, est-ce qu'il n'appelle pas superstition toute croyance en un Dieu et en un autre monde? Est-ce qu'il n'est pas le véritable créateur de l'immanence et de la transcendance? Est-ce que ce n'est pas lui qui a résumé cette pensée que l'homme est le premier créateur de toutes ses croyances, dans la formule expressive : *Homo homini Deus,* l'homme est à lui-même son propre dieu ?

Et qui oserait penser à supprimer Hégel du grand travail de la pensée allemande?

Et Strauss, le grand destructeur de mythes, est-ce que son livre a été supprimé en Allemagne? Est-ce que la traduction en a été interdite en France?

Et je ne parle pas de Feuerbach, de Max Stirner, de ce Grun venu à Paris pour instruire Proudhon, et de la jeune école hégelienne, si ardente à établir comment en définitive l'homme revêt de ses pensées les plus hautes et de son adoration, une ombre.

Mais en Angleterre est-ce que le livre de Buckle et les travaux de la grande école positiviste qui a fait si rapidement son chemin chez nos voisins, n'ont pas été librement répandus ?

Est-ce que chez nous les ouvrages d'Auguste Comte ne se prêteraient pas aux mêmes poursuites que l'ouvrage de M. Proudhon? Est-ce qu'ils ne sont pas aussi la négation radicale du monothéisme et la glorification de l'humanisme.

Et les études éclatantes de M. Renan, le dernier élu de l'Académie des Inscriptions, qu'en faites-vous?

Je n'ai pas de profession de foi ni de déclaration de principes à faire ici : je ne blâme rien et je ne défends rien, rien que la liberté, encore une fois. C'est à la pensée à combattre la pensée. J'aime ce choc des idées où sérieusement, honnêtement, se rencontrent des esprits opposés; j'aime cette élaboration, même téméraire, des difficiles problèmes que l'homme se pose incessamment; j'aime cette grande activité intellectuelle; je réclame pour elle le droit de se produire sous toutes ses faces, au grand jour ; est-ce que ce n'est pas revendiquer en même temps le droit de la combattre! Il est cruel d'avoir, à soixante-quinze ans de la généreuse émancipation du xviiie siècle, à défendre encore de semblables principes.

Mais le livre lui-même de M. Proudhon, savez-vous ce qu'il est?

Il n'a rien de politique. C'est le livre le plus hardiment antireligieux qu'il soit possible d'imaginer, c'est vrai; mais il est impossible de méconnaître qu'il y règne un sentiment moral plus élevé que dans tout le mouvement philosophique du xviiie siècle.

L'esprit du livre le voici :

Le fondement des sociétés humaines, c'est la justice ; c'est-à-dire dans l'individu le respect de soi, et dans les rapports des hommes entre eux, le respect du droit d'autrui.

La justice, elle est dans l'âme humaine naturellement, instinctivement, en dehors de toute révélation ; c'est là l'idée moderne, la révolution.

La révolution ainsi entendue suffit à tout, elle a sa philosophie, son économie politique, son système d'éducation.

La religion est superflue et ne répond plus aux besoins qu'assouvit largement la révolution :

L'antagonisme se poursuit ainsi dans tous les développements du livre.

Je crois que c'est une douloureuse philosophie que celle-là; elle attriste, elle dessèche. Le sentiment en est véritablement exclu. Dans les temps où nous vivons, je crois qu'il faut une part plus large au culte de l'idéal, et que dans ces convictions mathématiques, les intelligences vraiment élevées se trouvent enfermées à l'étroit. L'auteur lui-même, dans le livre actuel, déborde sa doctrine. Ses *contradictions* ne sont pas toutes *économiques*. Il a quelque part un passage charmant où il dit : « Est-ce que vous croyez que j'ai détaché de l'alcôve conjugal le Christ qui étend ses bras pour nous bénir? Est-que vous croyez que chez moi les petits enfants n'ont pas, à Noël et à Pâques, les présents de tous?» L'homme est là qui se retrouve avec son cœur, avec sa sensibilité et le philosophe s'oublie.

Mais enfin il ne s'agit pas de juger la philosophie de M. Proudhon. L'idée en elle-même qui est le fond de son livre, est-elle immorale? Est-elle une attaque aux lois? Est-elle une excitation à la haine ? Voilà la véritable question du procès.

Il est impossible de le prétendre.

M. Proudhon n'est audacieux que dans la sphère des idées, où il est responsable seulement à l'égard de sa conscience. Il y a dans tout son livre une sincérité philosophique profonde et une sorte de calme et de sérénité que j'admire. J'étonnerai beaucoup de gens qui ne l'ont pas lu: Mais il n'y a jamais chez lui d'appétits violents, de formes sauvages, pas de souffle de haine, pas de personnalités.

Dans le second volume de son livre, M. Proudhon raconte une conversation qu'il eut avec M. de Persigny, ministre de l'intérieur, en 1853. Le ministre, très-naïvement, cherche à le persuader que la tradition napoléonienne c'est la révolution, la démocratie. Il y a des gens qui disent ces choses-là, sérieusement. M. Proudhon s'étonne, se récrie, il défend la philosophie révolutionnaire :

« Napoléon Ier, dit-il, tout en restaurant, faute de mieux, le clergé et les nobles, s'entourait des philosophes de la Révolution. Il faisait entrer Volney au Sénat ; « Volney, Monsieur le ministre, dit-il, c'est mon maître. » Volney, Dupuis, Fréret, Diderot, d'Alembert, Voltaire, les physiocrates, Condillac, Molière, Bayle et Rabelais, voilà mes pères, voilà ma tradition ! Voulez-vous me faire sénateur, j'accepte ! »

Franchement, ce n'est pas là un tempérament d'adversaire bien violent, et dans les protestations du libre penseur je ne retrouve rien du souffle passionné que nous apportent quelquefois les vents de Londres ou de Jersey.

Ecoutez encore :

M. Proudhon parle du régicide :

« C'est en Italie qu'est née cette idée stupide importée en France par Pianori, Tibaldi, Orsini, de couper court aux difficultés sans combat, sans bruit, par la suppression simplement de l'homme qu'on juge être un embarras. A quoi l'Italie a-t-elle abouti ?.., ...

..... La mort de Rossi est le crime inexpiable de la démocratie romaine, elle a fait plus de mal à l'Italie que l'occupation française.

..... Incapable d'observer le siècle et d'en suivre la marche, le régicide s'empare de l'avenir comme si l'avenir était sa propriété ; il préjuge l'histoire comme s'il en était la providence ; il met son sens privé à la place de la raison des choses, érige son fanatisme au-dessus de la volonté générale. Montrez-moi, je vous prie, quelque chose de plus despotique que le régicide ?

C'est beau, c'est vrai, et j'imagine que ce n'est pas là ce que poursuit M. le procureur impérial.

Et ailleurs :

« L'analyse des idées religieuses et la logique de leur développement démontrent que, nonobstant la diversité des mythes et des règles, tous les cultes sont au fond identiques, qu'il n'y a par conséquent et ne peut y avoir qu'une seule religion, une seule théologie, une seule Église ; enfin, que l'Église catholique est celle dont le dogmatisme, la discipline, la hiérarchie, le progrès, réalisent le mieux le principe et le type théorique de la société religieuse, celle par conséquent qui a le plus de droit au gouvernement des âmes, pour ne parler d'abord que de celui-là.

A la page 47 du premier volume :

« Je ne demande la suppression et l'écrasement de personne. Que la discussion soit libre et que mes adversaires se défendent, c'est tout ce que je veux. Je fais la guerre à de vieilles idées, non à de vieux hommes. »

Et à la page 93 :

« Jamais je ne me suis exprimé sur la religion chrétienne, qui fut celle de nos pères, *Deus Patris mei*, ni sur aucune religion, avec cette ironie qui n'eût déshonoré que ma plume. J'ai toujours respecté l'humanité dans ses institutions, dans ses préjugés, dans son idolâtrie et presque dans ses dieux ! Comment ne la respecterais-je pas dans le christianisme ; monument le plus grandiose de sa vertu et de sa gloire, et le phénomène le plus formidable de l'histoire ? Outrager de paroles ou de gestes, une religion ! il n'y a qu'un homme élevé dans les principes de l'intolérance catholique à qui puisse venir cette idée stupide ! »

N'est-ce pas là un langage modéré ? C'est le langage d'un adversaire sans doute. Mais la contradiction, l'hostilité même est le droit de la pensée; c'est là un beau et noble langage, digne de celui qui avait écrit le passage que je demande à citer encore, dans les Contradictions économiques :

« J'avoue que la charité de tant de personnes des rangs les plus distingués par la naissance, l'éducation et la fortune, et qui se font hospitalières de leurs sœurs en Jésus-Christ, en attendant qu'une société meilleure leur permette de devenir leurs collaboratrices et leurs compagnes, me pénètre et me touche, et je me ferais horreur s'il échappait à ma plume, en parlant du devoir que ces nobles dames accomplissent avec tant d'amour et que rien ne leur impose, un seul mot qui respirât l'ironie ou le dédain. O saintes et courageuses femmes ! vos cœurs ont devancé le temps, et c'est nous, misérables praticiens, faux philosophes, faux savants, qui sommes responsables de l'inutilité de vos efforts. Puissiez-vous un jour recevoir votre récompense, mais puissiez-vous ignorer à jamais ce qu'une dialectique suscitée de l'Enfer, car c'est la société qui l'a mise en mon âme, me forcera tout à l'heure, à dire de vous. . . . .

. . . .

Qu'on ne juge pas de la dureté de mon cœur par l'inflexibilité de ma raison...

Et vous voulez supprimer un ouvrage ainsi pensé et ainsi écrit ? Et vous demeurez indifférents à tant de belles pages purement littéraires sur Rome, sur Boileau, Virgile et Homère ?

Messieurs, c'est par ces grands aspects-là qu'il faut juger le livre de M. Proudhon. Qu'importent, quand nous en avons saisi l'inspiration véritable, le caractère général, qu'importent quelques bouffonneries, quelques paroles un peu crues échappées à la nature du vieux Gaulois, et toutes pénétrées du sel de Régnier et de Rabelais. On prend des lambeaux, des extraits, comme ceux qu'on vous dénonçait tout à l'heure, on ne se préoccupe pas d'en bien fixer le sens.

Ainsi, dans la conclusion vigoureuse du second volume, on relève avec indignation l'apostrophe :

« Viens, Satan, viens, le calomnié des prêtres et des rois, que je t'embrasse,
« que je te serre sur ma poitrine. Il y a longtemps que je te connais et que tu
« me connais aussi; tes œuvres, ô le béni de mon cœur, ne sont pas toujours
« belles et bonnes, mais elles seules donnent un sens à l'univers et l'empêchent
« d'être absurde. Que serait sans toi la justice? un instinct; la raison, une
« satire; l'homme, une bête; toi seul animes et fécondes le travail : tu enno-
« blis la richesse, tu sers d'excuse à l'autorité, tu es le sacré et la vertu.
« Espère encore, proscrit! Je n'ai à ton service qu'une plume, mais elle vaut
« des milliers de bulletins; et je fais vœu de ne la poser que lorsque les jours
« chantés par le poëte seront revenus. »

. . . .

Ah ? rendez-moi les jours de mon enfance !
Déesse de la Liberté !

Il y a de braves vieilles femmes qui se signeraient en entendant ce passage ; il semble en vérité, à voir l'indignation qu'il soulève, que Proudhon, comme Dante, revienne de l'Enfer ! Le ministère public lui-même signale cette page. Est-ce bien sérieux ? Mais qu'on lise seulement la phrase qui précède tout ce morceau d'un si beau mouvement :

« La liberté pour vous c'est le Diable ! viens Satan, viens..... »

Est-ce que c'est à Lucifer que l'auteur parle ? Est-ce que c'est lui qu'il serre sur son cœur ? c'est la Liberté, qu'il invoque, et la citation de la fin accentue bien la pensée :

Déesse de la Liberté !

Il faut le dire, de semblables accusations manquent d'intelligence ou de bonne foi.

Il faut prendre M. Proudhon comme il est, grand et puissant esprit en définitive. Il y a dans les arts toute une catégorie de peintres ou de sculpteurs éminents par l'ensemble de leurs œuvres, que le jury ne saurait exclure de nos salons d'exposition, et dont les œuvres sont accompagnées de l'étiquette : *Exempts.* C'est le public seul qui les juge. Laissez-moi dire, dans le domaine de la pensée, qu'il y a pour les grands écrivains des immunités pareilles et que c'est de l'opinion seule qu'ils relèvent.

Ces travaux-là, par leur élévation, ils ne s'adressent pas à tous, ils n'ont pas le caractère périlleux qu'on vous dénonce, et M. Proudhon pourrait dire à la foule ce que le docteur Strauss disait aux électeurs de la Souabe, en 1848 :

« Me voici, je suis ce docteur Strauss que la plupart d'entre vous se sont re-
« présentés jusqu'ici comme l'antechrist en personne. Je ne puis pas vous

« en vouloir, c'est ainsi que je vous ai été dépeint. Cependant, vous avez été
« mal renseignés ; j'ai écrit, il y a 13 ans, un livre qui est le point de départ
« de tous les préjugés. Ce livre, j'en suis sûr, aucun de vous ne l'a lu. Et je dis
« tant mieux, car ce n'est pas pour vous que je l'ai écrit; j'ai écrit pour des
« savants, pour des penseurs, pour des philosophes, pour des théologiens ! »

En présence du livre actuel, je tiens le même langage, c'est à la théologie catholique à réfuter M. Proudhon. Est-ce qu'elle manque de
grands évêques pour la défendre? Laissez la contradiction faire justice
de l'erreur et chercher la vérité. L'œuvre de la justice arrêterait aujour-
d'hui l'œuvre légitime de la pensée. Qui sait? Vous supprimez peut-être,
en supprimant le livre actuel, l'ouvrage éclatant de quelque apologiste
chrétien, vous tuez peut-être d'avance la vérité, en voulant étouffer l'erreur. On dit que dans les séminaires, il y a toute une bibliothèque des
livres maudits qu'on appelle l'Enfer; ils sont là pour qu'on puisse
les combattre; placez-y le livre de la Révolution et de l'Église, et discu-
tez-le. Laissez faire l'*Univers* et le *Réveil*, la justice n'a point à leur prêter
appui.

Voilà, Messieurs les impressions sincères, les appréciations d'un adversaire de M. Proudhon, mais d'un adversaire libéral et impartial.

J'ai fini, je n'ai pas à insister davantage sur un ordre d'idées qui n'ap-
partient que de loin à ma tâche : j'ai voulu rapidement dire quelque
chose du fond du débat et esquisser quelques-unes des considérations
qui touchent à la situation du prévenu principal; mais je ne l'ai fait que
pour me donner le droit de vous répéter encore : Où peut donc être en
pareille matière la responsabilité d'un éditeur? il a affaire à un écrivain
fécond que les poursuites de la justice n'ont jamais atteint et qui semble
couvert d'immunités exceptionnelles : il se trouve en présence d'un gros
livre scientifique, métaphysique et point du tout polémique, comme dit
M. Proudhon quelque part; de semblables études échappent à sa cen-
sure, et par-dessus tout, l'ouvrage lui-même n'excède point les droits
de la libre pensée.

J'ajoute que la justice est restée longtemps indécise, car sept jours se sont écoulés sans poursuites?

J'ai confiance dans l'appréciation du Tribunal : Les deux prévenus sortiront de cette enceinte sans avoir été frappés, et nous remettons avec confiance, leur sort entre vos mains.

17916 — Typographie Renou et Maulde, rue de Rivoli, 144.